Charles Fourier

Vers la liberté en amour

TEXTES CHOISIS
ET PRÉSENTÉS
PAR DANIEL GUÉRIN

Gallimard

Tableau analytique du cocuage

Charles Fourier

NRF Gallimard, Paris, 1975

TABLEAU ANALYTIQUE DU COCUAGE

N° 1. Cocu en herbe ou anticipé est celui dont la femme a eu des intrigues amoureuses avant le sacrement et n'apporte pas à l'époux sa virginité, « et ne l'être qu'en herbe est pour lui peu de chose », dit Molière. — Nota : Ne sont pas réputés en herbe ceux qui ont connaissance des amours antérieures et trouvent malgré cela leur convenance à épouser ; ainsi celui qui s'allie à une veuve, non plus que celui qui connaît les galanteries antérieures de sa femme et s'en accommode.

N° 2. Cocu présomptif est celui qui, longtemps avant le mariage, redoute le sort commun, se met l'esprit à la torture pour y échapper, et souffre le mal avant de l'éprouver réellement. Chacun entrevoit que ses défiances ne serviront qu'à l'égarer dans le choix d'une épouse et accélérer, par excès de précaution, l'événement qu'il redoute.

N° 3. Cocu imaginaire est celui qui ne l'est pas encore et se désole en croyant l'être. Celui-là, comme le présomptif, souffre du mal imaginaire avant le mal réel.

N° 4. Cocu martial ou fanfaron est celui qui, par d'effrayantes menaces contre les galants, croit s'être mis à l'abri de leurs entreprises, et porte néanmoins la coiffure tout en se flattant d'y échapper par la terreur qu'il répand ostensiblement. Il est pour l'ordinaire cocufié par un de ceux qui applaudissent à ses rodomontades et lui assurent qu'il est le seul qui sache veiller sur son ménage.

N° 5. Cocu argus ou cauteleux est un fin matois qui, connaissant toutes les ruses d'amour et flairant de loin les galants, fait de savantes dispositions pour les mettre en défaut. Il remporte sur eux des avantages signalés, mais, comme le plus habile général éprouve à la fin des revers, celui-ci est à la fin soumis à la commune destinée. Au moins s'il est cocu, il ne l'est guère.

N° 6. Cocu goguenard est celui qui plaisante sur les confrères et les donne pour des imbéciles qui méritent bien ce qui leur arrive. Ceux qui l'entendent se regardent en souriant et lui appliquent tacitement le verset de l'Evangile : « Tu vois une paille dans l'œil du voisin, tu ne vois pas une poutre dans le tien. »

N° 7. Cocu pur et simple est un jaloux honorable qui ignore sa disgrâce, et ne prête point à la plaisanterie par des jactances ni par des mesures maladroites contre l'épouse et les poursuivants. C'est de toutes les espèces de cocus la plus louable.

N° 8. Cocu fataliste ou résigné est celui qui, dépourvu de moyens personnels pour fixer son épouse, se résigne à ce qu'il plaira à Dieu d'ordonner et se retranche sur la justice et le devoir, en observant que sa femme serait bien coupable si elle le trompait ; c'est à quoi elle ne manque pas.

N° 9. Cocu condamné ou désigné est celui qui, affligé de difformités ou infirmités, se hasarde à prendre une belle femme. Le public, choqué d'un tel contraste le condamne d'une voix unanime à porter la coiffure, et l'arrêt du public n'est que trop bien exécuté.

N° 10. Cocu irréprochable ou victime est celui qui, joignant les prévenances aux avantages physiques et moraux, et méritant sous tous les rapports une épouse honnête, est pourtant trompé par une coquette, et emporte les suffrages du public qui le déclare digne d'un meilleur sort.

N° 11. Cocu de prescription est celui qui fait des absences, de longs voyages pendant lesquels la nature parle aux sens d'une épouse qui, après une longue défense, est enfin forcée par la longue durée des privations à accepter les secours d'un charitable voisin.

N° 12. Cocu absorbé est celui que le torrent des affaires éloigne sans cesse de l'épouse à laquelle il ne peut donner aucuns soins ; il est forcé de fermer les yeux sur ceux que rend un discret ami de la maison.

N° 13. Cocu de santé est celui qui, par ordonnance de la Faculté, s'abstient de l'œuvre de chair. Sa femme pense qu'elle ne peut moins faire que de recourir à des suppléants, sans que l'époux ait le droit de s'en offenser.

N° 14. Cocu régénérateur ou conservateur est celui qui prend en main les intérêts de la communauté, surveille les ménages des confrères et les avertit des dangers que leur honneur peut courir. Entre-temps, il ne voit pas ce qui se passe dans son ménage et ferait mieux de faire sentinelle pour son propre compte, et prendre garde à ce qui pousse sur son front.

N° 15. Cocu propagandiste est celui qui va chantant les douceurs du ménage, excitant chacun à prendre femme et gémissant sur le malheur de ceux qui différent à jouir comme lui… et de quoi ? du cocuage. À qui conte-t-il ses apologies du mariage ? C'est fort souvent à celui qui lui en fait porter.

Nº 16. Cocu sympathique est celui qui s'attache aux amants de sa femme, en fait ses amis intimes. On en voit qui, lorsque la dame est de mauvaise humeur et brouillée avec son amant, vont le trouver et lui dire : « On ne vous voit plus, nous sommes tout tristes ; je ne sais ce qu'a notre femme, venez donc un peu nous voir, cela la dissipera. »

Nº 17. Cocu tolérant ou débonnaire est celui qui, voyant un amant installé chez lui, se comporte en galant homme qui veut faire les honneurs de sa maison, se borne avec la dame à des remontrances secrètes, et traite l'amant comme les autres, avec cette parfaite égalité que recommande la philosophie.

Nº 18. Cocu réciproque est celui qui rend la pareille, et qui ferme les yeux parce qu'il se dédommage sur la femme ou parente de celui qui lui en fait porter. C'est prêté rendu ; on se tait en pareil cas.

Nº 19. Cocu auxiliaire ou coadjuteur est celui qui paraît peu dans le ménage, et ne s'y montre que pour répandre la joie, reprocher aux amoureux transis de sa femme qu'ils ne rient pas, qu'ils ne boivent pas, les excite, sans s'en douter, à oublier leurs disputes et vivre en bons républicains entre qui tout est commun. Celui-là aide le commerce ; les cornes sont pour lui des sentiers de roses.

N° 20. Cocu accélérant ou précipitant est celui qui travaille à devancer l'époque, s'empresse de produire sa jeune femme, l'abonner au spectacle, et l'encourager à choyer les amis et vivre avec les vivants. Celui-là est comparable aux balles qu'on remet au roulage accéléré et qui arrivent plus tôt au but.

N° 21. Cocu traitable ou bénin est celui qui entend raison et à qui les poursuivants font comprendre qu'un mari doit faire quelques sacrifices pour la paix du ménage, et permettre à madame des délassements sans conséquence pour une femme qui a des principes ; on lui persuade que les principes doivent préserver de toute séduction et il se laisse convaincre.

N° 22. Cocu optimiste ou bon vivant est celui qui voit tout en beau, s'amuse des intrigues de sa femme, boit à la santé des cocus et trouve à s'égayer là où d'autres s'arrachent des poignées de cheveux. N'est-il pas le plus sage ?

N° 23. Cocu converti ou ravisé est celui qui d'abord a fait vacarme et s'est habitué avec peine à la coiffure, mais qui est revenu à la raison et finit par plaisanter de la chose et se consoler avec les autres.

Nº 24. Cocu fédéral ou coalisé est celui qui, voyant l'affaire inévitable, veut bien admettre un amant, mais de son choix ; puis on les voit coalisés comme Pitt et Cobourg pour cerner la femme et écarter de concert les poursuivants.

Nº 25. Cocu transcendant ou de haute volée est le plus habile homme de toute la confrérie. Aussi est-il placé au centre. C'est celui qui, épousant une très belle femme, la produit avec éclat, mais sans la prodiguer, et qui, lorsqu'elle a excité la convoitise générale, la cède pour un coup de haute fortune, comme une grande place, une forte commandite, après quoi il peut faire trophée du cocuage et dire : « Ne l'est pas qui veut à ce prix-là. Soyez-le comme moi et vous ferez les bons plaisants. »

Nº 26. Cocu grandiose ou impassible est celui qui ne s'affecte ni ne plaisante du cocuage qu'il entrevoit, et conserve un calme inaltérable sans descendre à aucune démarche qui porte au ridicule. Tels sont, dans la classe opulente, la plupart des époux mariés par intérêt ; — ou bien c'est celui qui ne prend femme que pour se prêter aux bizarreries de l'usage et pour avoir un héritier légal ; il ne cesse pour cela d'avoir ses maîtresses affichées, et vit avec madame en homme de bonne compagnie qui ne s'inquiète pas des tracas du ménage.

Nº 27. Cocu déserteur ou scissionnaire est celui qui, ennuyé des amours du ménage, s'affiche pour renoncer à sa femme, et dit, lorsqu'il lui voit un amant : « Quand il en aura eu autant que moi, il en sera bien las. »

Nº 28. Cocu de l'étrier ou prête-nom est un homme de paille à qui l'on donne de l'avancement sous la condition d'épouser la maîtresse d'un homme en place et adopter l'enfant. Un tel cocu épouse souvent la vache et le veau ; ses cornes lui mettent le pied à l'étrier, puisqu'elles lui valent un emploi, un avantage quelconque, etc.

Nº 29. Cocu pouponné ou compensé est celui qui se doute de quelque chose, mais est si bien caressé, choyé et bichonné par sa femme, que ses soupçons comme ses reproches expirent lorsqu'elle lui passe la main sous le menton.

Nº 30. Cocu ensorcelé ou à cataracte est celui qu'une femme sait fasciner et endormir au point qu'elle lui fait croire les choses les plus absurdes. Il est le seul à ignorer maintes fredaines qui sont la fable du public, et il verrait la belle en flagrant délit qu'il n'en croirait pas ses propres yeux. Elle lui persuade que les bruits de sa galanterie sont répandus par des soupirants éconduits ; il rit avec elle de leur prétendue disgrâce, et elle rit bien mieux avec eux de la crédulité du bonhomme.

N° 31. Cocu glaneur ou banal est celui qui vient humblement prendre part au gâteau, et courtise chaudement sa chère moitié pour obtenir d'elle ce qu'elle accorde à tant d'autres, après qui il vient modestement glaner.

N° 32. Cocu en tutelle est celui dont la femme « porte les culottes » et qui dans le monde a besoin d'être appuyé d'elle, ne peut pas voler de ses propres ailes. J'en ai vu un dire à une compagnie qui le mystifiait : « Ah ! si ma femme était ici, elle saurait bien vous répondre ! »

N° 33. Cocu révérencieux ou à procédés est un benêt qui ne se venge que par de bonnes raisons et sans déroger aux règles de la civilité. Un d'eux, trouvant un homme de qualité couché avec sa femme, lui dit : « C'est fort mal, monsieur, je n'aurais jamais cru cela d'un homme comme vous. » Assis dans un fauteuil, il débita quelques raisons de même force. Le galant, ennuyé de l'apostrophe, se lève en chemise et lui dit : « Monsieur, bien des pardons si je vous dérange, mais vous êtes assis sur ma culotte. » Le mari se lève et dit très poliment : « Ah ! monsieur, je ne la voyais pas, prenez votre culotte. » Puis il continua ses sages remontrances.

N° 34. Cocu mystique ou encafardé est celui qui, pour éviter le danger, entoure sa femme de prêtres et de saintes gens parmi lesquels il laisse se glisser quelque tartufe, quelque frappart qui lui en plante sur la tête pour la plus grande gloire de Dieu.

N° 35. Cocu orthodoxe ou endoctriné est le catéchumène du métier. C'est celui qui a la foi, qui croit aux principes et aux bonnes mœurs, pense avec les gens de bien que les libertins en disent plus qu'ils n'en font, qu'il reste plus d'honnêtes femmes qu'on ne pense, et qu'il ne faut pas croire si légèrement aux mauvais propos. Il a bien eu quelques soupçons, mais ayant été bien entouré, bien catéchisé, il est décidé à croire aux vrais principes du métier, et met toute son espérance dans le bon naturel de son épouse et l'influence de la morale.

N° 36. Cocu apostat ou transfuge est l'homme qui, après avoir été un modèle de raison, après avoir reconnu et publié que tout n'est que cornes en mariage, après avoir prémuni les autres contre le piège conjugal, finit par y donner tête baissée et tomber dans toutes les faiblesses qu'il signalait et dénonçait. Celui-là est un apostat du bon sens et un transfuge à la folie. Tel fut Molière qui, après avoir tant éclairé et désabusé la confrérie, finit par s'y enrôler très sottement et par reproduire tous les ridicules qu'il avait joués.

N° 37. Cocu mâté ou perplexe, concentré, est celui qui est réduit à ronger son frein en silence. Des convenances de famille ou d'intérêt l'obligent à filer doux, même avec sa femme et avec les amis qui connaissent sa position embarrassante ; il concentre son dépit sans aucun éclat et fait contre [mauvaise] fortune bon cœur.

N° 38. Cocu sordide est un harpagon qui ne veut pas fournir à la toilette de sa femme, l'oblige à écouter des offres généreuses, tire encore parti du galant qui entretient sa femme et se fait illusion sur cette intrigue par le double avantage qu'il y trouve.

N° 39. Cocu goujat ou crapuleux est un manant contre qui le public prend parti, qui soulève les esprits par le contraste de sa vilaine conduite avec le bon ton de sa femme. Chacun alors soutient la dame et dit : « Ce serait bien dommage qu'elle fût fidèle à un cochon de cette espèce. »

N° 40. Cocu déniaisé, ébahi est celui qui, croyant obstinément à la vertu de sa femme et figurant depuis longtemps dans les ensorcelés (N° 30) ou les orthodoxes (N° 35) est enfin désabusé par un coup d'éclat, comme une galanterie qu'elle lui donne. Ce cadeau, ou autre événement, lui fait ouvrir les yeux un peu tard, et il passe tristement au rang de déniaisé.

Nº 41. Cocu récalcitrant est celui qui ne veut pas s'habituer à voir le galant, fait des esclandres, des remue-ménages ; on est obligé d'entremettre les parents, amis, voisins, qui lui persuadent que tout cela est sans conséquence, et l'on ne parvient encore à établir qu'une trêve, qu'une paix plâtrée.

Nº 42. Cocu fulminant est celui qui entremet l'autorité de la Justice, soulève le public, cause un scandale affreux, menace de voies de fait et n'aboutit qu'à s'exposer à la risée, qu'il eût évitée en suivant le sage conseil de Sosie, qui dit aux amis d'Amphytrion : « Sur pareilles affaires, toujours le plus sage est de n'en rien dire. »

Nº 43. Cocu trompette est celui qui va, d'un ton larmoyant, mettre le public dans sa confidence, disant : « Mais, monsieur, je les ai pris sur le fait. » À quoi on lui répond que c'était peut-être un badinage et qu'il ne faut pas se presser de croire le mal. Il ne continue pas moins à se dédommager en racontant l'outrage à tout venant, et volontiers il s'adjoindrait un trompette pour assembler plus de monde et soulever le public contre l'injustice de sa femme.

Nº 44. Cocu disgracié est celui sur qui sa femme a pris un tel empire qu'elle ne veut pas même l'admettre et qu'il n'est reçu que rarement chez elle. Encore moins se montret-elle en public avec lui. C'était assez souvent le sort d'un roturier qui épousait une demoiselle noble. On voit aussi des barbons envoyer à une maîtresse l'argent, la pension convenue, sans obtenir d'être admis chez elle : ceux-là figurent dans les disgraciés.

N° 45. Cocu pot-au-feu est un mari d'espèce subalterne, que la femme fait vivre et qui se prête respectueusement à tout ce qui est nécessaire pour le bien du commerce amoureux. Cette espèce n'est pas des plus rares.

N° 46. Cocu cornard ou désespéré. C'est le George Dandin de Molière qui essuie toutes les tribulations imaginables et qui, dupé, ruiné, maltraité, outragé par sa femme, trouve dans le mariage un moyen d'aller droit au ciel, en faisant son purgatoire en ce monde.

N° 47. Cocu porte-bannière est un manant qui, allié à une jolie femme, provoque par sa crédulité, sa bêtise, sa laideur et son avarice les assauts des galants, et fait tombe une pluie de cornes sur sa tête. À son apparition, tout retentit du mot de cornes, et le public, en le citant à la tête des cocus, l'élève au rang de porte-bannière.

N° 48. Cocu porte-quenouille est celui qui veille aux soins du ménage pendant que la dame va se divertir. Il se charge des travaux réservés aux femmes, fait accueil et politesse aux chevaliers qui viennent prendre madame, et dispose tout en son absence pour lui rendre le ménage agréable au retour. Est-il à la promenade avec madame ? Elle marche en avant avec le galant, et il suit en portant le ridicule sur un bras et le carlin de l'autre, moins chargé encore sur les bras qu'il ne l'est sur le front.

N° 49. Cocu posthume ou des deux mondes est celui dont la femme fait des enfants dix à douze mois après son décès. La loi les lui adjuge quoiqu'il n'ait pas pu en être le père, et il se trouve par là cocu des deux mondes ou cocu en cette vie et en l'autre, puisqu'après lui avoir fait porter des cornes en cette vie, on lui en plante encore sur son cercueil. Cette espèce est opposée avec le cocu en herbe, l'un étant avant, l'autre après le mariage. Ils sont de plein droit appelés à ouvrir et fermer la marche de la procession. De ce nombre sont aussi compris ceux qui meurent avec un violent amour, et une crainte d'infidélité qui n'attend pas même leur mort pour [se] réaliser.

N° 50. Cocu de vocation ou de grâce ou cocu quiétiste est celui qui a de nature ce que l'orthodoxe (N° 35), n'a que par acquit ; celui qui n'a jamais connu le soupçon ni les alarmes, qui, apportant en mariage une âme honnête et pure, en deux mots la grâce de l'état, trouve dans la carrière du cocuage tous les biens que la fameuse Constitution promettait aux Français, la paix, l'union, la concorde, suivies du calme et de la tranquillité ; c'est la meilleure pâte d'homme qu'il y ait dans toute la confrérie.

Nº 51. Cocu loup-garou est celui qui fait de sa maison une citadelle inexpugnable, fait la garde plus sévèrement qu'un eunuque noir autour des odalisques, et brutalise non seulement les galants, mais de peur de les manquer, les gens étrangers au débat. Mais aucune forteresse n'est imprenable, disait le père d'Alexandre, pourvu qu'un mulet chargé d'or puisse y monter : de même un galant, muni d'une bonne bourse, parvient à endormir quelque sentinelle et pénètre dans la forteresse du loup-garou.

Nº 52. Cocu pédagogue ou précepteur est celui que Molière a peint dans ses deux pièces de l'Ecole des femmes et de l'Ecole des maris. C'est le barbon qui forme un jeune tendron, une Agnès destinée à partager sa couche, mais un autre vient après lui donner des leçons mieux écoutées. On voit dans cette classe beaucoup de philosophes qui ont la coutume de courtiser la mère, pour épouser la fille qu'ils croient incorruptible parce qu'ils l'ont formée selon la méthode des perceptions d'intuition de sensation ; mais un autre vient leur prêcher une théorie de sensations moins savamment analysées et pourtant plus intelligibles au beau sexe.

Nº 53. Cocu vétilleux ou avorton est celui qui, sur quelques soupçons, entrevoit dans l'avenir ce qui n'est plus à venir : l'événement des cornes. Il argumente sa femme sur certaines apparences dont le public pourrait gloser ; elle lui donne les réponses les plus rassurantes, mais il persiste, il représente le danger de scandale et des caquets ; il argue de là pour placer à tout propos ses bons avis que la dame ne manque pas d'accueillir pour lui tenir l'esprit en repos et le front bien garni.

N° 54. Cocu philanthrope ou fraternel est celui qui considère les hommes comme une famille de frères entre qui tous les biens doivent être communs ; car il nourrit débonnairement une troupe d'enfants qui, sous son nom, appartiennent à ses voisins et concitoyens, des enfants dont le public nomme les différents pères ; leurs noms sont d'ailleurs écrits sur les visages des enfants. Cela n'empêche pas qu'il leur porte à tous un égal amour, vrai modèle de la philanthropie, de la fraternité, de l'égalité et des vertus républicaines.

N° 55. Cocu à prétention ou avantageux suffisant, est celui qui croit sa femme tellement honorée de l'avoir pour mari qu'elle ne peut pas même songer à écouter les galants, dans lesquels il ne voit que des victimes indignes d'attention. Ils n'en font que mieux leur chemin ; la sécurité dans laquelle il vit le rend un mari commode, négligent sur la surveillance, et favorise tout à point le commerce secret du ménage.

N° 56. Cocu prédicant ou compatissant est un homme d'un bon naturel qui apporte à sa femme les secours de l'amitié, qui la console des travers du monde et des injustices et indiscrétions des galants, lui représente humblement l'avantage d'un retour à la morale, et nourrit l'espoir de la voir rentrer dans le sentier de la vertu dont il lui peint les doux charmes ; il obtient d'elle en paroles et promesses autant que les galants obtiennent de faveurs, et il finit par triompher, car la dame se rend à ses leçons du moment où l'âge éloigne d'elle tous les amants.

N° 57. Cocu cosmopolite ou hospitalier est celui dont la maison ressemble à une hôtellerie par la quantité de galants que sa femme y rassemble de tous les pays ; il a des copartageants et amis de toutes les nations qui trouvent chez lui bonne chère et bon accueil ; et il se sauve sur la quantité, parce qu'ils sont si nombreux que ses soupçons ne peuvent s'arrêter sur aucun.

N° 58. Cocu misanthrope est celui qui, en découvrant l'affaire, prend le monde en aversion, prétend que le siècle est perverti et que les mœurs dégénèrent. Tel est le Meinau de Kotzebue : c'est un visionnaire pitoyable dans ses jérémiades morales, et qui aurait dû ne pas se marier s'il répugnait si fort à partager le sort de tant d'honnêtes gens qui le valent bien.

N° 59. Cocu enragé, possédé ou maudit est le jaloux malade, qui cumule la disgrâce physique et morale, et que ses infirmités, comme la goutte ou paralysie, empêchent de satisfaire et surveiller une jeune femme dont les allures le désespèrent. Souffrant continuellement d'esprit et de corps et, importunant par ce double mal, il est sans contredit du nombre des possédés ou gens qui ont le diable au corps ; car le diable ne peut faire pis dans un corps humain que d'y loger à la fois la goutte et la jalousie.

N° 60. Cocu virtuose est celui qui, passionné pour quelque branche de science ou d'art, prend en affection tous les maîtres de l'art. S'il est mélomane, il suffit de lui jouer un air de cornemuse pour être de ses favoris et s'introduire auprès de sa femme, à qui il recommande chaudement les amateurs sous le rapport de l'art, tandis qu'elle les accueille sous des rapports un peu différents.

N° 61. Cocu délaissé est un homme désagréable qui a fait un mariage mal assorti et qui, après avoir ennuyé sa jolie femme, trouve un beau matin la cage vide, l'oiseau déniché et les sommations de divorce. Il devient le jouet du public, qui rit d'un événement auquel chacun s'attendait, excepté le vilain qui l'a provoqué par ses maladresses.

N° 62. Cocu à toutes sauces est celui qui cumule en foules toutes les dignités de l'ordre ; il a commencé par être en herbe, après quoi il figure nécessairement dans les sympathiques, les orthodoxes, les ensorcelés, puis les autres espèces risibles par la duperie, conservant toujours la sérénité inaltérable à travers toutes les vicissitudes. Et pour compléter l'œuvre, il trouvera, s'il meurt à temps, une cour de Justice qui lui adjugera un posthume un an après sa mort, afin qu'il ne manque pas le dernier grade de l'ordre, qui est celui de cocu des deux mondes [N° 49].

N° 63. Cocu d'urgence ou de sauvegarde est celui qu'un dérangement d'affaires ou un danger très grave oblige à fermer les yeux sur certaines fréquentations par lesquelles sa femme pare au péril le plus urgent, fait verser des fonds dans un commerce périclitant, dégage un immeuble menacé d'expropriation et rend maint autre service d'importance assez majeure pour que le tendre époux s'estime heureux de protéger les allures de sa chère moitié. On a vu dans les temps de Terreur beaucoup de cocus de cette espèce qui laissaient en paix manœuvrer leurs femmes et devaient s'estimer fort heureux de sauver la tête aux dépens du front ; car il vaut mieux, dit le proverbe, sacrifier une fenêtre que de perdre toute la maison.

N° 64. Cocu escamoté est celui dont la femme devenue enceinte pendant son absence, fait un enfant furtivement à l'aide d'un voyage et d'un honnête médecin qui fabrique à point les maladies convenables pour différer le retour. Un tel cocu n'admet ni ne connaît l'enfant ; s'il l'admettait, il rentrerait dans la classe des philanthropes (N° 54). Mais il échappe au danger principal : il évite l'enfant et ne garde que les cornes, moins coûteuses ; il devient cocu escamoté.

N° 65. Cocu prudot ou caméléon est celui qui se fâchera contre le tableau, dira que j'offense les mœurs, un tartufe, boursouflé de formules et sentences, hérissé d'anecdotes édifiantes, niant avec éclat les galanteries connues, rabâchant à tout propos sur les principes, feignant d'y croire pour les accréditer auprès de sa femme et des poursuivants. Dans ses conversations étudiées, il envisage la société comme si elle croyait aux simagrées morales dont on fait étalage et dont lui-même se moque. Il se persuade et veut persuader que le monde va changer son train de vie pour servir sa jalousie. Un tel cocu est la caricature du régénérateur (N° 14) : ceux-ci, du moins, vont au but avec franchise, tandis que le cocu prudot est un hypocrite qui, dans ses philippiques sur l'oubli des principes, ne se croit pas plus lui-même qu'il n'est cru des autres, file doux devant celui qui l'outrage et mérite bien ce qui lui pousse au front. D'ordinaire un tel cocu est un sagouin qui, avec son fatras de morale, ne manque jamais de courtiser ses servantes et commettre des incongruités auxquelles répugneraient des libertins déclarés.

N° 66. Cocu judicieux ou de garantie est la fleur des cocus, fleur de race. C'est l'homme qui épouse une femme riche par compensation de libertés. La femme prend un mari pour imposer silence aux caquets, légitimer ses fantaisies, vaquer en liberté dans le monde galant, avec un pavillon qui couvre la marchandise. Le mari prend femme pour jouir de la liberté civile attachée à la fortune sans laquelle on n'est jamais qu'un esclave, à moins de vivre en ermite. L'un et l'autre connaissent les avantages respectifs du marché qu'ils ont conclu, et en remplissent honorablement toutes les conditions, savoir : liberté, égards, protection et amitié réciproques. C'est l'espèce de cocuage à laquelle j'aspirerais si je me mariais. Toute femme qui m'introduirait à ce titre dans la confrérie ferait une affaire excellente pour elle comme pour moi.

N° 67. Cocu de trébuchet ou cocu de finance est celui qui a compté sur une belle dot ou des chances de fortune, et qui est floué. D'ordinaire un tel mari est dédommagé par les amabilités de la pauvre femme qui, honteuse de la tricherie de ses parents, tâche de la réparer par ses bons procédés ; mais souvent le mari se pique au jeu, la délaisse, et la force pour ainsi dire à conter ses peines à un discret [ami].

N° 68. Cocu emplâtré est celui qui, après la noce, découvre quelque infirmité cachée dont on n'avait pas fait mention. Il se dépite et lâche sans façon sa nouvelle moitié. Il porte des plaintes amères ; on lui répond qu'il est bien dédommagé du côté du bon caractère et de l'alliance. Qu'il se contente ou non de la raison, il n'en tient pas moins la femme, qui, dédaignée par lui, trouve encore un galant, car chaque oiseau trouve quelque nid.

Nº 69. Cocu de chronique ou récréatif est celui qui, par l'excès d'aveuglement de ses illusions et de ses duperies, fournit régulièrement au public une pépinière de facéties, un pain quotidien pour les caquets ; il est le pivot de la chronique scandaleuse et se trouve encore le plus fortuné des amants, tant il est vrai qu'il y a une grâce pour les cocus comme pour les ivrognes.

Nº 70. Cocu de miracle est celui dont la femme, après une longue stérilité, rencontre un plus adroit que son mari, et devient enceinte au grand étonnement de tout le monde. Elle l'attribue à quelque neuvaine, ou vœu à la bonne Vierge, ou bien à quelque voyage aux eaux, où elle aura trouvé des moyens prolifiques de plus d'une espèce. Entre-temps, chacun vient complimenter le mari sans lui dire tout ce qu'on en pense ; lui, de son côté, hésite comme saint Joseph et ne sait trop s'il faut rire ou se fâcher : « mon soulci ne se peut défaire » ; partant, il est cocu de miracle et son rejeton est enfant de bénédiction.

Nº 71. Cocu de par la loi est celui dont la femme fait un enfant de contrebande évidente, comme un mulâtre, quarteron ou octavon. La tricherie est incontestable ; mais les formes ont été observées, et la loi adjuge au mari cet enfant, quoique hétérogène soit par sa couleur, soit par une physionomie qui tranche brusquement avec celle des autres enfants et peint trait pour trait quelque ami connu de madame. L'enfant n'en reste pas moins au mari. Selon le beau principe : « Is pater est quem nuptiæ demonstrant », principe qui est le palladium du cocuage.

N° 72. Cocu cramponné est celui qu'aucun affront, aucun outrage ne rebute ; quelque scandale qu'ait commis sa femme, il revient humblement la solliciter. On en a vu qui, trouvant la femme dénichée, enlevée, allait à la caserne la demander d'un ton lamentable à un militaire qu'il croyait le ravisseur. Il se trompait : le militaire n'était qu'un des galants, il ne s'était point chargé de la femme enlevée. Une telle femme délogerait vingt fois que vingt fois le cornard le reprendrait en versant des larmes de joie.

N° 73. Cocu bardot est celui que sa femme régit par la terreur, et qui a tort en tout ce qu'il a fait et en tout ce qu'il fera. Il tremble devant sa moitié qui le gourmande ; il prend Dieu et les hommes à témoins de son innocence, et ne saurait obtenir un moment de paix.

N° 74. Cocu par antidate ou de précession est celui dont la femme, ayant eu des inclinations avant le mariage, et voulant mener une conduite régulière, se borne à voir après le mariage ceux qu'elle a favorisés auparavant, sans y ajouter aucun nouvel amant. Elle ne croit pas manquer à la foi donnée, puisque c'est une continuation d'intimité et non une innovation. D'ailleurs, ces amants d'ancienne date se rendent utiles au ménage, et la femme, en les gardant, croit bien servir le mari. C'est surtout chez les femmes du peuple qu'on trouve une conscience fort commode pour ce genre de cocuage.

N° 75. Cocu préféré est le mari complaisant et aimable que sa femme préfère tout en se régalant de quelques passades ; elle trouve en lui gentillesse et protection contre les malins et la fortune pour lui procurer un bien-être. Dans ce cas elle revient toujours à lui, comme on voit certains maris revenir à leur femme quand elle le mérite, et dire en sortant de chez une maîtresse : « Il n'y a encore rien de plus beau que ma femme. » Ainsi disent aussi certaines femmes, qui reprennent souvent le mari après comparaison avec les amants, qui valent moins et n'ont d'autre mérite que la variété. Un ménage n'est jamais plus heureux que lorsque l'homme et la femme mènent ce genre de vie.

N° 76. Cocu de repos ou quiétiste est celui qui a une femme si laide que ni lui ni d'autres ne se doutent qu'elle ait pu trouver preneur : elle jouit d'autant plus paisiblement du galant qu'elle a trouvé soit par ses libéralités, soit par suite du caprice de quelques hommes passionnés pour les laides.

À propos de cette édition électronique

Ce livre électronique est issu de la bibliothèque numérique Wikisource[1]. Cette bibliothèque numérique multilingue, construite par des bénévoles, a pour but de mettre à la disposition du plus grand nombre tout type de documents publiés (roman, poèmes, revues, lettres, etc.)

Nous le faisons gratuitement, en ne rassemblant que des textes du domaine public ou sous licence libre. En ce qui concerne les livres sous licence libre, vous pouvez les utiliser de manière totalement libre, que ce soit pour une réutilisation non commerciale ou commerciale, en respectant les clauses de la licence Creative Commons BY-SA 3.0[2] ou, à votre convenance, celles de la licence GNU FDL[3].

Wikisource est constamment à la recherche de nouveaux membres. N'hésitez pas à nous rejoindre. Malgré nos soins, une erreur a pu se glisser lors de la transcription du texte à partir du fac-similé. Vous pouvez nous signaler une erreur à cette adresse[4].

Les contributeurs suivants ont permis la réalisation de ce livre :

- Le ciel est par dessus le toit
- ThomasV
- Ostrea
- Rrose
- Cunegonde1
- BigonL
- Sapcal22
- Pyb

1. ↑ http://fr.wikisource.org
2. ↑ http://creativecommons.org/licenses/by-sa/3.0/deed.fr
3. ↑ http://www.gnu.org/copyleft/fdl.html
4. ↑ http://fr.wikisource.org/wiki/Aide:Signaler_une_erreur